www.tredition.de

AF204334

Wolfgang Richter

Was macht ihr denn so den gan- zen Tag

Eine Betrachtung zum Alltag eines deut- schen Rentnerehepaares

www.tredition.de

© 2015 Wolfgang Richter

Verlag: tredition GmbH, Hamburg

ISBN
Paperback: 978-3-7323-2729-4
Hardcover: 978-3-7323-2730-0
e-Book: 978-3-7323-2731-7

Printed in Germany

Vorwort

Gudrun und Rainer (ein Rentner-Ehepaar und beide über 70) entschließen sich, ihren Lebensabend in Thailand zu verbringen. Günstig erscheint ihnen Hua Hin – eine Stadt mit eigenem Flair. Sie sind sich darüber im Klaren, dass sie in einem Land leben werden, wo die Menschen eine ganz andere Mentalität haben. Die Gewohnheiten der Menschen sind nicht mit Europa zu vergleichen. Thais leben im Heute und sie glauben an die Macht der Geister. Ob arm oder reich – egal welche politische Strömung, die höchste Verehrung gilt dem Königshaus.

Gudrun und Rainer lassen Ihre Bekannten und Freunde in Neubrandenburg zurück und mieten sich in Hua Hin ein Häuschen. Die anfänglichen Sprachschwierigkeiten haben sie bald überwunden. Zwar sprechen sie kein Thai, aber mit ihren Englischkenntnissen kommen sie gut zurecht. Schnell finden sie freundliche Menschen, die ihnen gern weiterhelfen. Auch Freunde und Bekannte haben sie mehr als in Deutschland. Mit denen verbringen sie viel Freizeit und wenn sie Hilfe brauchen, ist immer jemand zur Stelle. Doch immer wieder kommt aus Deutschland die Frage. „Was macht ihr denn so den ganzen Tag?"

Dieses kleine Büchlein soll die Antwort darauf geben und aufzeigen, dass das Leben in der Fremde zwar anders verläuft, aber dennoch die häuslichen Aufgaben wie in Deutschland erledigt werden müssen.

Der Monat Juni als Beispiel ist von mir beliebig herausgegriffen. Ein Monat, in dem nicht so viele Touristen da sind. Die Personen sind zum größten Teil frei erfunden; die Tagesabläufe fußen aber auf realen Vorkommnissen. Geschäfte und Gaststätten existieren wirklich.

Blick über die Küste von Hua Hin

1.Juni

Schon um 6 wird Rainer munter. Er rekelt sich, holt ein paar Mal tief Luft und sieht seine friedlich neben ihm schlafende Frau liebevoll an. Er überlegt: Stehe ich auf oder bleibe ich liegen? Er steht auf und setzt sich, so wie er ist, in seinen Stuhl auf der Terrasse. In dieser Morgenstunde ist es wunderschön hier. Noch weht eine leichtes Lüftchen, aber das Schönste für ihn: der Gesang der Vögel. Stundenlang kann er ihnen zuhören. Leicht döst er vor sich hin und merkt erst, dass es schon um 8 ist, als seine Gundel (so nennt er sie liebevoll) zu ihm kommt. Nun aber vorwärts! Unter die Dusche – wie angenehm ist es, wenn das kalte Wasser über den Körper läuft. Zähne putzen und Gudrun ablösen, die in der Küche schon das Frühstück vorbereitet. Rainer macht weiter. Er schält und schneidet das Obst für den morgendlichen Obstteller und deckt den Tisch auf der Terrasse. Noch ein Morgenküsschen und dann in aller Ruhe das Frühstück genießen. Gudrun muss um 11 wegen ihrer Gesichtsallergie beim Arzt sein. Also heißt es: sich langsam fertig machen! Viel anzuziehen braucht man wirklich nicht. Unterhemd und Strümpfe sind bei diesen Temperaturen tabu. Das Thermometer zeigt immerhin schon 32°C an. Gemächlich laufen die beiden zur Straße, durch die der Stadtbus fährt. Haltestellen gibt es hier nicht. Man winkt, und der Bus hält an. Am Hospital angekommen, betätigt man die Klingel im Bus und man kann aussteigen.

An der Rezeption steht ein Schild: „Wer länger als 15 Minuten wartet, melde sich bitte!" Aber kaum haben sich die beiden gesetzt, beginnt die übliche Prozedur: wiegen, messen, Blutdruck kontrollieren. Nach weiteren 10 Minuten wird Gudrun zum Arzt gerufen. Die Ärzte nehmen sich viel Zeit für ihre Patienten. Gudrun bekommt eine Salbe verschrieben. Wie bei jedem Arzt und in

jedem Hospital bekommt man die Medikamente an Ort und Stelle. Aber bezahlen muss man sofort. Eine Krankenversicherung, wie in Deutschland, haben die beiden nicht. Diese Behandlung ist jedoch bezahlbar.

San Paulo-Hospital Hua Hin

Unweit des Hospitals gibt es einen Markt (Villa Market), der viele europäische Artikel anbietet.

Das nutzen die beiden natürlich aus und gehen einkaufen! Mit dem Einkaufswagen schlendern sie durch die Regale. Gleich am Beginn steht das Obst und Gemüse – frisch und sauber. Im nächsten Regal sind Molkereiprodukte, dann folgen Fleisch- und Wurstwaren – in den anderen Regalen Konserven, Feinfrost, Weine, Sekt und vieles andere. Trotzdem, hierher gehen sie nur selten. Es ist alles relativ teuer. Mit der Rente lässt es sich zwar gut leben, aber die teuren Artikel sind eben nur ab und zu einmal etwas Besonderes. An der Kasse müssen sie nicht lange warten, und das Einpacken erledigt ein Mitarbeiter vom Villa-Market. Mit dem Wagen fahren sie bis an die Straße und dann mit dem Tuk Tuk bis nach Hause.

Den Einkaufswagen lassen sie an der Straße stehen. Das ist hier überall so üblich. Es gibt genügend Arbeitskräfte, die die Wagen wieder zurückfahren.

Den Nachmittag genießen Gudrun und Rainer auf ihrer Terrasse. Lesen, rätseln, Musik hören. Für eine Stunde kommt der Nachbar. Es werden die neuesten Erlebnisse ausgetauscht.

Am Abend stellen sie den Fernseher an. Gudrun und Rainer haben ein Abonnement abgeschlossen, mit dem sie 50 deutschsprachige Sender empfangen können. 14 Tage rückwirkend können sie sich das Programm heraussuchen, was ihnen gefällt. Es wird um elf als die beiden ins Bett gehen. Jetzt tut eine kühlende Dusche noch einmal gut. Noch ein Gute – Nacht- Küsschen und dann schlafen.

2. Juni

Heute ist Sonntag – nicht nur das: Es ist der erste Sonntag im Monat. Gudrun und Rainer essen furchtbar gern Mett. Und das gibt es heute bei Theo. Damit das Mett wirklich frisch ist, muss man vorbestellen. Heute finden sich 16 Gäste ein. Es wird nicht nur gegessen, sondern auch wieder erzählt. Man erfährt auf diese Weise allerhand Neues. „Habt Ihr von dem Unfall kurz vor Bangkok gehört?"; „Die Strompreise sind schon wieder gestiegen!" ; „Wisst ihr, dass der helle Stadtbus jetzt eine andere Richtung fährt?" - so wird das ein unterhaltsamer Vormittag.

Die Mittagstemperatur hat inzwischen 35°C erreicht. Deshalb laufen Gudrun und Rainer zum nächsten Tuk Tuk, um schnell nach Hause zu kommen. Am Nachmittag arbeitet Rainer an einem Spielzeugauto für ein thailändisches Waisenheim. Gegen Abend gewittert es, aber kein Regen fällt. Der leichte Luftzug ist angenehm und umschmeichelt leicht ihren Körper. „Weißt Du", spricht Gudrun, „wenn es so heiß ist, denke ich doch manchmal an die angenehm kühlen Temperaturen in Deutschland. Aber den Winter möchte ich nicht wieder haben."

Das Gewitter hat die Luft etwas abgekühlt und so sitzen die beiden noch auf der Terrasse bei leiser Musik und einem Gläschen Wein.

3. Juni

Rainer arbeitet heute an dem Spielzeugauto weiter. „Was meinst Du?" fragt er Gundel. „Nehme ich für die Ladefläche das dunkle oder das helle Holz?" „Mach, was du denkst!" Eine wirklich *eindeutige* Antwort. Also arbeitet Rainer mit dem dunklen Holz weiter. Gudrun füllt ihre Waschmaschine. Am Nachmittag kommt ein tüchtiger Regenguss. Die Wäsche kann Gudrun nun nicht im Freien trocken. Aber danach richtet sich das Wetter nicht. Doch nicht nur hier regnet es. Die Medien berichten über starke Überschwemmungen auch in Europa. An

vielen   Orten   herrscht   Notstand.
Neben dem Haus hat sich eine schattenspendende
Plane derart mit Wasser gefüllt, dass es die Rohre
verbiegt, an der sie befestigt ist. „Das müssen wir so
bald als möglich in Ordnung bringen lassen" meint
Rainer. Er geht an seinen Laptop und liest im Internet über die Wetterunbilden nach. Rainer ist sehr
daran interessiert zu erfahren, was in der Welt passiert. Er versteht einfach nicht, dass andere, die in
seinem Alter sind, sich mit Internet, Skype und an-
derem nicht mehr abgeben wollen. Rainer und Gudrun brauchen das. Es ist die Verbindung zur Au-
ßenwelt und eine notwendige Verbindung zu ihrer
deutschen Heimat. Am Nachmittag rufen sie gleich
bei ihren Freunden an. „Wie sieht es bei Euch aus?
Seid ihr hochwassergefährdet? Wisst ihr, wie es bei
Ute aussieht?"   Zum Glück erfahren sie nichts Ne-
gatives.

4. Juni

Heute haben sich die beiden vorge- nommen, die Fliesen im Hof zu reinigen. Sie ha- ben sich extra ei- nen Kärcher ge- kauft. Damit geht die Arbeit natür-  lich viel leichter von der Hand. Nach 2 Stunden ist die Arbeit geschafft. Zufrieden betrachten sie ihr Werk und sind froh, dass auch diese Arbeit getan ist. Rainer nimmt seine Gundel liebevoll in die Arme. Auch die einfachste Arbeit strengt im Alter mehr an, als in jungen Jahren.

Am Nachmittag besuchen sie mit anderen in Hua Hin - Lebenden eine Kaffeerösterei. Es ist höchst interessant zu erfahren, wie der Kaffee geröstet wird, aber auch, dass im Norden und im Süden von Thailand Kaffee angebaut wird. Die Sorte „Ara- bica" mit einem ausgeprägten Aroma wächst im Norden und die Sorte „Robusta" mit einem kräfti- gen, rauen Geschmack im Süden. In der dazugehörenden Kaffeestube bestellen sich die beiden einen Kaffee – er muss doch probiert werden! Dazu ein gutes Stück Kuchen. Das war wieder einmal ein schöner und interessanter Nachmittag. „Wir haben doch allerhand gelernt heute" sagt Rainer. Gudrun bestätigt es: „Das alles haben wir noch nicht gewusst!"

Den Abend genießen sie in einer thailändischen Gaststätte. Gudrun bestellt sich eine klare Suppe – Rainer eine Suppe mit viel Chili. Nicht alles wird hier in Thailand scharf gegessen, aber an mit Chili gewürzte Speisen gewöhnt man sich sehr schnell. Nach dem Essen schlendern die beiden gemächlich nach Hause.

5.Juni

Der Vermieter möchte den Außenzaun streichen lassen. Das bedeutet: die schönen Pflanzen am Zaun müssen weg. Das erledigen allerdings die Gärtner. Hätten Gudrun und Rainer das selbst gemacht, wäre jede Pflanze vorsichtig mit den Wur-

zeln entfernt und an anderer Stelle wieder eingepflanzt worden. So bleibt den beiden nur übrig, zu retten, was zu retten ist. Und das ist nicht viel. Die arbeitenden Thais zerhacken die Wurzeln und werfen alles auf den Abfallhaufen.

Mit den Eigenarten der Thais muss man lernen umzugehen. Es sind zwar sehr liebe Menschen, lächeln immer, aber Fachleute findet man sehr selten. Wenn man ihnen etwas erklären will, nicken sie verständnisvoll, aber sie machen letztendlich doch was sie wollen. Ein Thai lässt sich nicht gerne etwas sagen- er könnte sein Gesicht verlieren, und das ist das Schlimmste, was ihm passieren kann.

Gudrun hat in der Zwischenzeit die Wäscherei angerufen, denn die Übergardinen müssen wieder einmal gewaschen werden. Ihr Englisch ist zwar nicht perfekt. Am Telefon kann man nicht mit Händen und Füßen reden, aber für No ist sie keine Unbekannte mehr und die Verständigung reicht aus. Mit Rainer nimmt Gudrun die Gardinen ab. Es dauert nicht lange, kommt No von der Wäscherei und holt die Gardinen.

Bis zum Abend werkelt Rainer noch etwas und Gudrun liest. Gegen 18 Uhr fahren sie mit dem Kleinbus in die Stadt. Direkt am Meer ist ein sehr schönes Lokal, wo es einen gut zubereiteten Fisch gibt. Hier sitzt man gemütlich und man hat einen weiten Blick über das Meer. In der Ferne sieht man die Lichter von den Fischerbooten. Mit einem Glas Rotwein stoßen die beiden an und sind zufrieden, dass es wieder ein so schöner Abend ist.

6.Juni

No bringt am Vormittag die gewaschenen Gardinen zurück. Gudrun und Rainer machen sich gleich an die Arbeit, sie wieder anzubringen. Mittags wird nur eine Kleinigkeit gegessen und dann kommt das tägliche Ritual: ausruhen auf den Liegen im Freien. Es ist zwar sehr warm, aber eine leichte Brise weht um ihren Körper. In Thailand gibt es kaum festgelegte Zeiten, aber um diese Zeit herrscht allgemein Ruhe, so dass man völlig entspannt genießen kann. Eine Stunde genügt.

Den Nachmittag tummeln sie sich im und am Swimmingpool. Ein paar Runden schwimmen, ein paar körperliche Übungen; so halten sie sich fit. Man kommt auch ins Gespräch mit anderen deutschsprechenden Gästen, so dass es nie langweilig wird. Am Abend treffen sie sich mit Freunden zum Abendessen. Sie wählen eine Lokalität, in der nur thailändisch gekocht wird. Das thailändische Essen ist sehr abwechslungsreich. Heute isst Rainer „Tom Yang Gai" – eine etwas schärfere Suppe mit Hühnerfleisch und Gudrun isst gern süß-sauer. Beide bestellen noch Reis dazu. Ihre Bekannten haben eine Suppe mit Kokosmilch bestellt, die ebenfalls äußerst schmackhaft ist. Ehe sie sich verabschieden, stoßen sie mit einem Mixgetränk auf die Gesundheit und ein weiteres sorgenfreies Leben an.

Zuhause will sich Rainer noch eine Sendung über seine Heimat Mecklenburg ansehen. Aber was ist das? Es knackt eigentümlich im Fernsehapparat und dann ist er ganz aus. Alle Versuche, die Rainer unternimmt, den Apparat zum Laufen zu bringen, scheitern. Nun, so lesen sie noch eine Seite und gehen dann zu Bett.

07. Juni

Am Vormittag hat Gudrun wieder zu tun, ihre Wohnung in Ordnung zu halten. Rainer düngt die Pflanzen im Garten. Gegen Mittag kommt der Fernsehmonteur. „Ja, es hilft nichts, Ihr müsst Euch ein neues Gerät kaufen!" Nach der Mittagsruhe fahren die beiden in ein Elektronikgeschäft, um sich einen neuen Apparat auszusuchen. Es ist gar nicht so leicht bei dieser Auswahl. So viele Größen, so viele Marken – worauf sollte man achten?

Endlich haben sie gefunden, was sie wollen. Am späten Nachmittag wird das Gerät geliefert und angeschlossen. Nun hat Rainer wieder zu tun. Die Programme einrichten und alles so in Ordnung bringen, dass der Fernsehabend gerettet ist. Aber es kommt wieder einmal anders. Mit ihren Nachbarn spielen sie öfters Doppelkopf und die rufen herüber: „Spielen wir heute Abend?" „Na klar! Fernsehen gucken können wir auch etwas später." Es wird wieder ein sehr schöner Abend und ein Bierchen darf dabei nicht fehlen!

Beim Auseinandergehen, erzählt ihre Nachbarin Dagmar: „Wir haben die Absicht, morgen wieder einmal in den Weinberg zu fahren. Kommt ihr mit?" „Na klar", sagt Gudrun. „Wir waren schon länger nicht mehr dort! Wir freuen uns". „Gut, dann bis morgen Mittag um zwei!" „ Tschüss!"

08. Juni

Der Vormittag ist wieder ausgefüllt - für Gudrun
mit etwas Hausarbeit und Rainer sitzt am Computer. Um 2 treffen sie sich dann mit ihren Nachbarn.
Der Weinberg ist etwa 35km von Hua Hin entfernt.
Dort ist es wunderschön. Gemütlich kann man auf
der Terrasse sitzen und die Natur genießen.

Touristen können sich auf den Rücken von Elefanten durch die Weinberge führen lassen. Elefanten werden aber auch zur Weinernte herangezogen. Nach einem kleinen Imbiss und einer Weinverkostung fahren die vier gegen 17 Uhr wieder nach Hause.

„Ja", meinen sie, „dort kann man es schon aushalten."

09. Juni

Nach dem gestrigen Weinbergbesuch, beschließen Gudrun und Rainer heute wieder an den Strand zu gehen. Ein Strandspaziergang gehört für Gudrun mit zu den schönsten Unternehmungen. Genießerisch atmen beide die frische Seeluft ein. Sie laufen bis zum Zugang zur Innenstadt. Direkt am Wasser ist der Sand etwas fester und auch angenehm warm. Ab und zu bleiben sie stehen, schauen in die Ferne und genießen auch diesen Tag. Es ist zurzeit keine Hauptsaison. Trotzdem sieht man ein paar Urlauber, die sich in den Wogen tummeln. Ein paar Kinder spielen im Sand.

Zum Wochenende kommen auch viele Thais zur Erholung hierher nach Hua Hin. Für uns als Europäer ist es interessant zu sehen, dass sie keine Badesachen tragen, sondern mit Kleidung in das Wasser gehen. Jedoch bleiben sie nicht zu lange am Strand, denn gebräunte Haut mögen die Thailänder überhaupt nicht.

Gudrun und Rainer sind am Ziel angekommen. Da es Nachmittag ist, kehren die beiden in ein Schweizer Restaurant ein. Hier gibt es eine hervorragende Schwarzwälder Torte. Und die lassen sich die beiden – zu einem Cappuccino – schmecken. „Schau", sagt Gudrun, „dort sitzt Bernd mit seinem Thaimädchen Pu. Thais benutzen nur ihren „Nicknamen", obwohl sie Vor- und Familiennamen haben. Pu kommt aus dem Norden von Thailand. Hier in Hua Hin suchen die meisten eine Bindung zu einem Farang[1]. Farangs sind in den Augen der Thais reich. Gelingt es, sich fest zu liieren, ist damit auch die Familie versorgt.

Nach dem Kaffeegenuss verlassen Gudrun und Rainer das Restaurant und gehen ein paar Schritte weiter. Dort nehmen sie sich ein Tuk Tuk und lassen sich heimfahren.

1) In Thailand üblicher Begriff für Ausländer mit weißer Hautfarbe

10. Juni   (Sonntag)

In der Nacht hat es wieder geregnet. Zum Frühstück können die beiden trotzdem auf der überdachten Terrasse sitzen. Der Nachbar grüßt mit einem fröhlichen „Guten Morgen" herüber. Gudrun und Rainer „lassen die Seele baumeln". Nach dem Frühstück rätseln und lesen sie.

Am Tag wird es wieder warm. Gegen Mittag nehmen sie dennoch ihre Fahrräder und fahren in das große Kaufhaus. Sie gehen „shoppen". Im Market-Village bekommen sie fast alles, was sie haben wollen. Die meisten Geschäfte haben auch sonntags geöffnet. Zu Mittag begnügen sie sich mit einem kleinen Imbiss – Klebreis mit Mango.

„Du, ich gehe einmal dort an die Wühltische!". Gudrun bleibt an ihnen stehen und findet eine luftige Bluse für sich. Rainer geht schnell noch in die Computerabteilung. Er braucht frische Druckerfarbe. „No have" ist die Antwort, die man sehr häufig zu hören bekommt. Vielfach haben die Verkäufer auch keine Lust zum Bedienen, oder sie verstehen nicht, was man haben möchte. Dann ist „No have" die schnellste Lösung. Den größten Einkauf erledigen die beiden im Tesco – dem Lebensmitteldiscounter. Hier kaufen sie notwendige Lebensmittel und Obst.

Gudrun und Rainer haben Glück. Kaum sind sie zu Hause, beginnt es wieder zu regnen. An diesem Nachmittag wird nicht mehr viel. Gudrun bereitet das Abendbrot vor (heute gibt es Spaghetti mit Tomatensoße) und Rainer sitzt am Computer. Nach dem Essen genießen sie den Abend in aller Ruhe.

11.Juni

„Komm doch einmal her" ruft Rainer. „Was machen denn die Thais hier?". Aber die Frage erübrigt sich sehr schnell: Sie streichen den Außenzaun. Die Pflanzen, die am Zaun standen, wurden ja schon vorher entfernt. So kahl gefällt das Gudrun natürlich nicht. Sie geht zur nahegelegenen Gärtnerei und sucht ein paar neue Pflanzen aus. Die Gärtnerin bringt diese bald und setzt sie in einen etwas größeren Abstand zum Außenzaun.

Für Nachmittag hat sich Besuch angesagt. Gudrun bäckt einen Mandel-Bananen-Kuchen. Gemeinsam mit dem Besuch stellt sich ein Thai-Pärchen vor, dass ab morgen die Wohnung einmal in der Woche gründlich reinigen soll. Gegen 5 verabschiedet sich der Besuch – das Thai-Pärchen war schon eher gegangen. „Und was machen wir nun?" fragt Rainer. „Wir gehen heute Abend zu „Korat" thailändisch essen" antwortet Gudrun.

12.Juni

Die Thais streichen den Außenzaun weiter. Mittag kommt das Pärchen, das die Wohnung reinigen soll. Mit der ersten Arbeit ist Gudrun sehr zufrieden. Allerdings haben die beiden eine andere Reinigungsmethode, als es Gudrun aus Deutschland gewohnt ist. Hier wird der Bodenstaub grundsätzlich mit einem Staubsauger entfernt. Für das Absaugen des Teppichs muss den beiden erst gezeigt werden, wie die Staubsaugerdüse gedreht wird. Der Fußboden wird nur einmal gewischt. Danach sieht man allerdings noch Streifen. Also erklärt Gudrun, dass sie zweimal wischen müssen.

Auch heute kocht Gudrun wieder zu Hause. Rainer hilft mit. Es gibt Kartoffeln, Mischgemüse und einen Schweinebraten – selbstverständlich zubereitet nach Mecklenburger Art. Ab und zu möchten die beiden auch einmal europäisch - heimatlich essen. Nach dem Abendessen kommen die Nachbarn von gegenüber für eine Stunde und es wird wieder erzählt.

Hans ist noch ganz aufgelöst von seinem gestrigen Erlebnis. „Das muss ich Euch erzählen", sagt er. „Gestern nahm mich Achim mit, als er seine Tochter zur Schule brachte. Schon der Straßenverkehr war äußerst dicht. Massen waren unterwegs. Alles Schüler, die selbst zur Schule fuhren oder dorthin gebracht wurden. Gemerkt habe ich das vor allem daran, dass auf der Rückfahrt der Straßenverkehr viel weniger war. Nun gut. Wir kamen bei der Schule an, in die seine Tochter geht. In der langen Straßenfront sind mehrere Schulen nebeneinander. Wir hielten an der letzten. Leider durften wir nicht mit in das Schulgelände. So beobachten wir das Geschehen als Zaungäste.

Alle Schüler fanden ihren Stellplatz. Das ging äußerst ruhig zu – kein Geschrei – kein Geschubse. Überhaupt hat mich die Disziplin der Schüler – immerhin ca 1200 – beeindruckt. Punkt 8 Uhr spielte eine Schülerblaskapelle (über einen Lautsprecher wurde dazu gesungen) die Nationalhymne. Ehrfurchtsvoll standen Schüler und Lehrer und die Fahne wurde gehisst. Nach einer Kehrtwendung wurde – vielleicht ein Gebet? – Ich verstand leider kein Wort – gesprochen.

Der Direktor gab Erläuterungen und Hinweise. Weitere Redner folgten. Nach ungefähr 15 Minuten durften sich die Schüler setzen. Jetzt sprachen auch einzelne Schüler. Manches war vielleicht auch lustig, denn Gelächter erschall.

Ich muss es noch einmal betonen: Es herrschte höchste Disziplin. Nicht ein einziger Schüler musste ermahnt werden. Hinter ihnen standen auch eine ganze Menge Lehrer. Nach 30 Minuten verließen die ersten Schüler den Appellplatz und gingen geordnet in die Schule. Vorher wurden die Schuhe ausgezogen.

Wir warteten nicht, bis die letzten in das Schulhaus durften, aber die Zeremonie hat mich mächtig beeindruckt".

13. Juni

„Weißt du was?" sagt Gudrun nach dem Kaffeetrinken, „Wie wäre es, wenn wir auch heute wieder an
den Strand gehen?" Und das tun sie dann auch. Gemächlich bummeln sie in südliche Richtung. An einer Kochküche setzen sie sich und bestellen einen
erfrischenden Orangensaft. Es macht einfach Spaß,

die vorübergehenden Urlauber und die fröhlich badenden Kinder zu beobachten. Weiter laufen sie dann bis zum Affenfelsen. Die Thailänder nennen ihn Kao Takiab.

Rainer hat sich kundig gemacht: Der Kao Takiab ist ein 272m hoher Hügel südlich von Hua Hin. Auf ihm leben hunderte von Affen. Deshalb sprechen wir Deutschen auch vom „Affenberg". Vor dem Berg steht eine 20m hohe Buddha-Statue. Auf dem Gipfel befindet sich ein Tempel.

Kein Besucher, der das erste Mal hier ist, lässt es sich entgehen, die vielen Stufen empor zu steigen. Man ist ständig von Affen umgeben. Viele füttern sie. Doch muss man auch mächtig aufpassen, dass sie nichts stehlen. Gudrun erinnert sich: „Ein paar Urlauber wollten dort ihr mitgebrachtes Brötchen verzehren. Aber kaum hatten sie es in der Hand – Schwupps war es weg. Die Affen holen sich alles, was nicht niet- und nagelfest ist!"

Am Fuße des Berges kann man etwas trinken, und das ist gut so, denn die beiden haben mächtig Durst. Nachdem sie sich erholt haben, fahren sie mit dem Stadtbus wieder zurück. Gudrun kommt wieder ins Schwärmen: „Haben wir es nicht schön hier? Spaziergänge am Meer – ich könnte jeden Tag hier entlang spazieren! Das Meer hat immer wieder eine eigentümliche Anziehungskraft auf mich!"

Zu Hause angekommen, ruhen sie sich in ihren Liegestühlen aus. Nach einer Stunde schrecken sie jäh auf. Der Gärtner beginnt mit dem Mähen des Rasens. Nun ja, auch das muss sein. Dafür erfreut sich jeder, der den gut gepflegten Rasen sieht. Gundel bekommt einen dicken Kuss und Rainer macht ihr den Vorschlag, zu Mo Kaffeetrinken zu gehen. Dort treffen sie ein Pärchen aus dem Hessischen. Man erzählt und merkt gar nicht, wie schnell die Zeit vergangen ist. Siegfried und Monika (so heißen die beiden– im Ausland bleibt man nicht lange beim „Sie"), schlagen vor, dass sie sich am Abend am Nachtmarkt gleich noch einmal treffen wollen. Es wird ein sehr schöner Abend. Gemeinsam bummeln sie an den Ständen entlang. Der Nachtmarkt von Hua Hin ist für die Touristen ein Highlight. Überall duftet es anders. Neben Angeboten von Textilien, Andenken, Spielzeug und vielem anderen, kann man überall etwas essen.

Die beiden Frauen erstehen „endlich wieder einmal!" etwas zum An Natürlich bezahlt man nicht
gleich, was der Verkäufer verlangt. Es muss gehan-
delt werden! Dabei geht man keinesfalls zimperlich
vor. Das erste Gegengebot muss unter der Hälfte
des verlangten Preises sein. Der Verkäufer macht
eine Geste, die aussieht, als ob er sich den Hals ab-
schneiden könnte. Dann einigt man sich aber doch
auf einen für beide Sei-
ten akzeptablen Preis.

In einer der vielen Gast-
stätten essen sie und lassen den Abend bei ei-
nem Drink ausklingen.
Dabei ist es immer wie-
der interessant die auf-
und abgehenden

Händler zu beobachten.
Besonders häufig sieht man welche aus den Bergen.

Die selbstgewebten Täschchen sind immer wieder schön und Gudrun hat schon einige davon erstanden.

Siegfried erzählt, dass er bei den Bergvölkern beobachten konnte, wie diese Sachen hergestellt werden. „Es ist eine Knochenarbeit", sagt er. „Gewebt wird an „Körperwebstühlen"! Das bedeutet, die Kettfäden werden von einem Balken abgehend zum Körper einer Person gespannt. Mit der Hand werden dann die Schussfäden durchgezogen.

14. Juni

„Ach sieh dir das an!" sagt Rainer, als er seine Pantoletten aus dem Schrank nimmt. „Schon wieder löst sich die Sohle ab." Bei dieser Hitze hier halten die Schuhe nicht allzu lange. Werner hat schon ein Paar Pantoletten entsorgen müssen, da die Sohlen zerfallen.

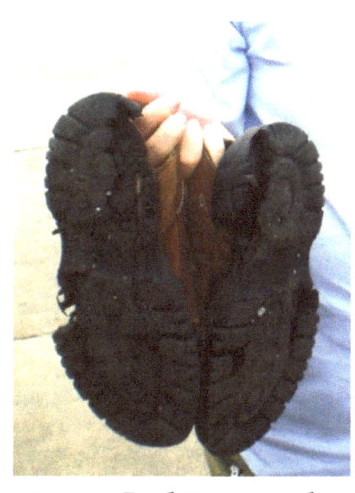

An einem anderen Paar sind die Nähte geplatzt. Also fahren die beiden in die Stadt, lassen die Schuhe reparieren und kaufen gleichzeitig wieder Obst ein. Außerdem braucht Rainer ein paar Schlauchschellen, die er in der Innenstadt in einem Privatgeschäft bekommt. Von einem Imbissstand aus beobachten beide den Straßenverkehr. Unglaublich, wie sich die Mopedfahrer zwischen den anderen Fahrzeugen hindurchschlängeln. Nicht selten mit 3 bis 4 Personen, sogar 5 Personen besetzt oder es wird während der Fahrt telefoniert, geraucht oder etwas gegessen. Transportiert wird, was möglich ist – auch große Hunde. Thais erledigen einfach alles mit dem Moped. Gelaufen wird das Wenigste. Das merkt man auch überall an den „Gehwegen". Sie werden zugestellt, zugeparkt, als Warenablage genutzt, bepflanzt oder sogar bebaut. Defekte Stellen werden kaum repariert. Fußgänger müssen mächtig aufpassen. Man kann leicht stolpern oder an einem tief gehängten Schild anstoßen. Häufig ist man gezwungen, den Gehweg zu verlassen und auf der Fahrbahn zu laufen. Und das ist nicht ungefährlich.

Die Zeit verging schnell. Nach einer Stunde sind die Schuhe repariert. Beide nehmen noch einen kleinen Imbiss und fahren dann heim. K.o. von den Unternehmungen am Vormittag wird nun wieder Mittagsruhe gehalten und am Nachmittag relaxt, gelesen und gerätselt.

15. Juni

Rainer braucht für seine Bastelarbeiten ein paar Leisten. Im „home pro" (einer Abteilung für Heimwerker) findet er etwas Passendes. Aber die Leisten müssen getrennt werden. Wie mache ich das dem Verkäufer begreiflich? Das ist manchmal gar nicht so einfach. Mit Gesten versuchten wir uns, verständlich zu machen. Aus der Antwort des Verkäufers konnten wir entnehmen: „Trennen können wir die Leisten nicht!" Dann erbot sich doch ein Thai zu helfen und ging mit uns in eine andere Abteilung: „Cut? We have no machine!" Oh weh, warum denn so umständlich? Kurzerhand nahm Rainer dann eine Feinsäge aus dem Regal und trennte die Leisten selbst. 4 Thais standen drumherum, haben zugesehen und gestaunt. So geht es manchmal, wenn man etwas möchte, was aus dem Normalen hinausragt.

Am Nachmittag erhalten Gudrun und Rainer einen Anruf: „Ja, wer ist da?" „Hier ist Udo!" „Oh, da freuen wir uns aber! Wie geht es?" „Uns geht es gut!" „Und wie ist das Wetter bei Euch?" „Im Moment haben wir 33°C!" „Wie, seit wann gibt es in Neubrandenburg solche Temperaturen?" „Wir sind nicht in Neubrandenburg!" „Wo seid ihr dann?"

„Wir sind in Hua Hin!" „Das gibt es nicht, seit wann seid ihr hier? Dann müssen wir uns ja unbedingt sehen!" Udo und Lisbeth sind ein befreundetes Ehepaar aus Neubrandenburg. Als Gudrun und Rainer noch in Deutschland wohnten, waren sie oft zusammen und haben auch gemeinsam viel unternommen. Umso größer ist die Freude, dass sie sich hier in Hua Hin wieder einmal treffen können. „Um fünf am Nachtmarkt!"

Rainer führt seine Gäste in ein Restaurant, welches er häufig aufsucht, weil es dort besonders gut schmeckt. Ein thailändisches Bier und das Erzählen nimmt kein Ende. Ein bisschen Sehnsucht kommt auf, als Lisbeth und Udo einiges aus ihrer Heimat erzählen. „Morgen", meint Gudrun, „Morgen kommt ihr uns besuchen!".

16. Juni

Gudrun möchte ihre Gäste zünftig bewirten. Sie bäckt einen Mecklenburger Kakaokuchen. Die Zutaten dafür hat sie im Haus: Butter, Eier, Mehl, Zucker, Backpulver, Milch und Kakao. Rainer hilft fleißig mit, denn er muss den Teig rühren. Dann den Kuchen rein in den Ofen – oh, wie das duftet. Nach 40 Minuten ist er fertig und die beiden freuen sich, ihren Besuch mit dieser Mecklenburger Spezialität überraschen zu können.

Zu Mittag nehmen sie nur einen kleinen Imbiss zu sich und ruhen dann noch etwas aus. Pünktlich um 3 erscheinen Lisbeth und Udo. Nach einer herzlichen Begrüßung zeigen die beiden ihnen erst einmal ihr Heim. Im Vergleich zu ihrer Wohnung in Deutschland ist sie größer und preiswerter.

Dann wird auf der Terrasse der Kaffeetisch gedeckt. Bis auf ganz wenige Tage hält man sich im Freien auf. Mit dem Kuchen hat Gudrun „ins Schwarze getroffen"." So etwas könnt ihr hier in Thailand backen? Gibt es denn die Zutaten, die Ihr braucht?" Ja, und dann wird wieder erzählt – erzählt von Mecklenburg, vom Leben in Thai-land und von einstigen gemeinsamen Erlebnis-sen. Schnell – viel zu schnell – vergeht die Zeit. Am Abend gehen sie gemeinsam essen. Auch hier staunen Lisbeth und Udo, wie reichlich und preiswert das Angebot der Speisen ist. Zum Schluss stoßen sie mit einem Glas Sekt auf ihr Wiedersehen an. Allerdings sind alkoholische Getränke im Vergleich zu Deutschland sehr teuer.

„In 4 Tagen werden wir abreisen", sagen Udo und Liesbeth. „Da werden wir uns noch einmal treffen", meinen übereinstimmend die beiden Paare. „Morgen ist am Strand ein Jazz-Konzert! Gemeinsam gehen wir dorthin!"

17. Juni   Sonntag

Vormittag hat Gudrun wieder im Haushalt zu tun. Rainer sitzt am Computer und erledigt Korrespondenzen. Die Verbindung zur Heimat möchten sie nicht abbrechen lassen. Auch in der Ferne ist die Heimat nahe. Am Nachmittag kommen Nachbarn zu einem Schwatz.

Gegen fünf machen sich die beiden fertig, um sich in der Stadt mit Lisbeth und Udo zu treffen. Vor dem Beginn des Konzertes gehen sie zu Abend essen. Als sie zum Strand kommen, ist es schon sehr voll. Zum Setzen finden sie noch ein paar große Steinblöcke. Das ist zwar nicht bequem, aber eine Weile hält man es doch aus. Künstler aus aller Welt stellen sich vor und bieten ihr Programm. Von den Darbietungen sind alle begeistert. „Ich danke Euch, dass ihr uns zu diesem Konzert mitgenommen habt" sagt Udo. „Vor allem bei dieser herrlichen Kulisse – die vielen Menschen, das Meer in der Nähe und diese warme Witterung! Daran werden wir wohl noch lange denken." Doch bis zum Schluss bleiben die vier nicht. In einem nahe gelegenen Restaurant kehren sie noch einmal auf einen Umtrunk ein. Es wird spät, als sie sich verabschieden. „Grüßt unsere Mecklenburger Heimat! Vielleicht sehen wir uns im nächsten Jahr wieder, wenn wir nach Deutschland reisen!" Der Abschied wird herzlich, sogar ein paar Tränen fließen.

Morgen wollen Lisbeth und Udo noch einen Ausflug in die Mangrovenwälder machen

18. Juni   Der Tag beginnt ganz in der Erinnerung der letzten Tage. Die Frage taucht auf: „Wann fliegen wir wieder nach Deutschland?" Und bald steht der Beschluss fest: „Wir fliegen im kommenden Jahr." Ende Mai haben Gudrun und auch Rainer ein Klassentreffen. „Das wäre doch etwas, wenn wir unsere ehemaligen Klassenkameraden einmal wiedersehen!" Kurzer Entschluss – schnelles Handeln. Rainer durchsucht das Internet schon einmal nach den günstigsten Flügen. Aber noch findet er nichts Passendes. Heute gehen die beiden nicht fort. Rainer hat zu tun an seinen Bastelarbeiten und Gudrun stickt an ihrer Decke weiter. Am Abend wird zu Hause gegessen – Bratkartoffeln mit Sülze.

19. Juni

Gudrun möchte wieder an den Strand. Auch diesmal laufen sie in südlicher Richtung bis zum Affenfelsen. Überall hat sich unwahrscheinlich viel geändert. Noch vor einigen Jahren gab es unbebaute Stellen – heute sind dort Hotels.

„Weißt du noch" sagt Gudrun, „hier an diesem Platz haben wir das erste Mal den Strand genossen. Jetzt ist Schluss – es wird immer mehr verbaut." An den immer weniger werdenden freien Stellen drängen sich die Urlauber, die kein Zimmer in einem dieser Strandhotels haben. „Ein noch schönes Strandplätzchen ist der Militärstrand." Sagt Rainer. „Man muss allerdings mit dem Bus fahren. Aber das ist kein Problem! Die Ruhe dort und der saubere Strand entschädigen."

20. Juni Aus
Deutschland hat eine Bekannte ein paar Rätselhefte
geschickt. Eigentlich müssten diese längst da sein.
Gudrun wird unruhig und meint: „Komm, wir gehen zur Hauptpost und schauen ob sie dort ir-
gendwo liegen". Gesagt, getan! In der Stadt
herrscht starker Verkehr – Rush Hour. „ Oh, das
müsste die Polizei in Deutschland sehen! Die könnten aber kassieren!" meint Rainer. „Soviel ich weiß,
gibt es auch in Thailand Straßenverkehrsordnung!
Aber es kümmert sich trotzdem keine Polizei da-
rum." Vor allem die vielen Kleinkrafträder sind es,
die einen immer wieder den Kopf schütteln lassen.
Überholt wird links und rechts – wenn man da
nicht aufpasst! „Und dort, schau!" ruft Gudrun,
„alle sitzen auf der Ladefläche eines Kleintranspor-
ters".

Aber was verwunderlich ist: Das Aufbiegen auf die
Hauptstraße geht ruhig vonstatten. Keiner pocht

auf ein Vorfahrtsrecht. Man schiebt sich langsam in den Verkehr hinein bis einer halten muss. Und das Schöne: Es wird kaum gehupt.

In der Post angekommen, fragen sie sich durch, wo das Päckchen sein könnte. Sie werden in den Raum geführt, in welchen die Post einsortiert wird.

 Und dort sieht es wüst aus! Soll man da etwas finden? Und Gudrun findet! „Sieh hier", sagt sie zu Rainer, „ganz unten in diesem Korb"!

Da sie nun einmal in der Stadt sind, gehen sie auch gleich wieder in den Tagesmarkt Obst einkaufen. Sie brauchen wieder Papayas, Mangos, Orangen, Chom-phu (Rosenapfel) und Ananas. Mittag sind sie zu Hause und am Nachmittag wird wieder geruht, gelesen und mit den neuen Heften gleich einmal gerätselt. Am Abend gehen sie in ein Thairestaurant essen. Wieder zu Hause gucken sie einen interessanten Film im Fernsehen.

Wieder zu Hause gucken sie einen interessanten Film im Fernsehen.

21. Juni   Schon in den
Morgenstunden brennt die Sonne mächtig herun-
ter. „Heute gehen wir einmal nicht fort", meint Rainer. Und Gundel ist damit einverstanden. Im Garten werden ein paar Kleinigkeiten erledigt – welke
Zweige herausgeschnitten und die Pflanzen ge-
düngt. Gundel hat in ihrer Wohnung einiges zu tun
– die Kleidung muss wieder einmal aussortiert
werden und in den offenen Schränken befreit sie
die dort stehenden Dinge vom Staub. Nach der Mittagsruhe ist Gelegenheit, ein paar E-Mails zu schrei-
ben. Schnell vergeht der Tag. „Jetzt wird aber nichts
mehr gemacht!" sagt Gudrun, „Ich werde bis zum
Abendbrot lesen!" Und Rainer ist dabei. Selbst zum
Essen zu gehen, haben die beiden heute keine Lust.
Gudrun kocht. Heute gibt es Kartoffeln mit Quark.
Ein einfaches Gericht, das aber die beiden sehr gern
essen. „Wenn man bedenkt" sagt Gudrun, „Vor ein
paar Jahren bekam man hier keinen Quark zu kaufen." Den gibt es zwar auch heute noch nicht, aber
man hat eine private Quelle ausfindig gemacht, wo
sie welchen kaufen können. Und Quark zu bekommen, heißt auch, einen wohlschmeckenden Kuchen
backen zu können. „Kannst Du Dich noch an das
Ehepaar aus Thüringen erinnern, die wir zu unse-
rem Urlaub in Ägypten getroffen haben?" - „Ja,

was ist mit denen?" „Na, wir sprachen von Käsekuchen, sie aber stritten mit uns und meinten: "Nein!
Wird der Kuchen nur mit Quark gebacken, ist es ein
Quarkkuchen!" „Backen wir einen Käsekuchen, so
kommt auf den Kuchen Kümmel und geriebener
Käse!" „Wir konnten uns das kaum vorstellen, bis
wir einmal Gelegenheit hatten, einen richtigen Käsekuchen zu kosten. Und der schmeckte hervorragend!".

22. Juni

Heute muss Gudrun wieder zum Arzt. Wie immer
geht Rainer mit. Leider verspätet sich der Arzt, da
er erst aus Bangkok kommt. Es ist schon Mittag ehe
Gudrun fertig ist. Zum Glück hat man bei ihr nichts
Besorgniserregendes gefunden. Sie bekommt Tab-
letten und einen Termin für den nächsten Monat.
Mit dem Kleinbus fahren sie anschließend bis zur
Stadtmitte. In einem kleinen Thaibistro essen sie
eine Kleinigkeit zu Mittag. Anschließend gehen sie
noch einkaufen. Am Nachmittag sind sie wieder zu
Hause. Rainer will heute etwas an seiner Bastelar-
beit weiterarbeiten und Gudrun liest in ihrem Buch.
„Weißt Du überhaupt wann Borgers nach Deutsch-
land fahren?" fragt Gudrun. „Soviel ich weiß, in 14

Tagen!" antwortet Rainer. „Aber wir haben ausge-
macht, dass wir uns vorher noch einmal treffen
wollen!" „Dann ruf sie doch an" spricht Rainer.
Gudrun greift sofort zum Telefon. „Wie klappt es
bei Euch übermorgen?" Klar – bei Euch oder bei
uns?" Wir werden am Sonntag zu Euch kommen",
sagt Gudrun. In Ordnung, wir erwarten Euch gegen
vier!" An diesem Tag passiert
nichts Erwähnenswertes mehr.

23. Juni   Sonntag

Nach der Mittagsruhe ist Gelegenheit, mit den Kin-
dern, den Enkeln und Bekannten zu telefonieren.
Anschließend werden noch ein paar   E-Mails geschrieben. Rainer hat noch zu tun, als Gudrun ruft:
„Der Kaffee ist fertig!" Gern unterbricht Rainer
seine Arbeit. Genüsslich trinken die beiden ihren
Kaffee. Anschließend gehen sie zum „seven ele-
ven", einen Lebensmittel-Discounter, der rund um
die Uhr geöffnet hat. Sie wollen zu Erika und Klaus
eine Flasche Wein mitnehmen. „Du", spricht Rainer, „ich habe ungeheuren Appetit, beim Franzosen
eine Käseplatte zu essen!" „Dann tun wir das doch,
ich bin einverstanden." sagt Gundel. „Aber erst
schaffen wir die Flasche Wein nah Hause!" „Sicher,
wir haben ja noch Zeit!" Käse ist zwar in Thailand

sehr teuer, aber ab und zu leisten sich die beiden etwas Besonderes. An der Theke suchen sie sich die Käsesorten selbst aus. Dazu gibt es frisch gebackenes Baguette. Oh, das schmeckt wieder einmal! In aller Ruhe genießen sie diese Köstlichkeiten. Nach der Mittagsruhe verläuft der Nachmittag wie am Tag zuvor: Rainer bastelt, Gudrun liest. Am Abend kommen die Nachbarn. Es ist wieder einmal Zeit, Doppelkopf zu spielen!

24. Juni

Nach dem Kaffeetrinken erledigt Gudrun wieder das Notwendigste in ihrer Wohnung. Wie immer, und das ist ein tägliches Ritual, werden über das Internet die neuesten Meldungen abgerufen. Heute hat Gerda eine E-Mail geschrieben. Sie hatten gestern einen Wasserrohrbruch in ihrer Wohnung. Aber Konrad, ihr Mann, hatte den Schaden sofort selbst beheben können. Die vielen Berichte aus dem Internet geben auch Anlass, dass sich Gundel und Rainer darüber unterhalten und sich eine eigene Meinung bilden. Am Nachmittag sind sie dann bei Erika und Klaus. Klaus ist begeisterter Fußballer und so tut es nicht wunder, dass das das Hauptthema bei den beiden Männern ist. Die beiden Frauen unterhalten sich über preiswerte Kleidung, die es in Thailand überall gibt. Am liebsten kauft Eva am Strand. Hier kann man hervorragend handeln. „Du", sagt Erika, „Vor kurzem hatte ich eine Händlerin, die mir, nachdem wir den Preis ausgehandelt hatten, an meine Brust griff." „Sie erklärte mir, dass ich einen schönen großen Busen habe, und wenn sie den berührt, würde sie noch viel verkaufen. Nach einer Stunde kam sie zurück und sagte mir, dass sie inzwischen noch 3 Kleider verkauft habe. Wir haben herzlich gelacht. Hoffentlich kommen die Händler nicht auch noch auf diese Idee!" Am Abend bummeln die vier wieder über den Nachtmarkt und setzen sich dann in eine Gaststätte zum Abendessen. Nach dem Essen ging es noch in eine Bar um einen Mai Thai zu trinken. Klaus kennt genau die Zutaten: „Du brauchst

3 cl Weissen Rum

3 cl Braunen Rum

2 cl Triple Sec

2 cl Limettensirup

1 cl Mandelsirup

1 cl Limettensaft

3 cl Orangensaft

3 cl Ananassaft

Crushed Ice

Cocktailkirsche und frische Minze für die Garnitur

Alle Zutaten werden im Shaker mit einigen Eiswürfeln kurz durchgeschüttelt und in ein zu einem Drittel mit crushed Ice gefülltes Glas abgeseiht."

Bei einem Mai Thai ist es jedoch nicht geblieben. Noch ein anderer Cocktail wurde probiert und dann verabschiedeten sich die beiden Paare. „Grüßt Deutschland, wenn ihr dort seid und alle unsere Freunde!" Alle sind gespannt, ob er hier genauso serviert wird. Doch Klaus hatte Recht. So, wie er es erklärt hat, bekommen sie den Mai Thai serviert.

Bei einem Mai Thai ist es jedoch nicht geblieben. Noch ein anderer Cocktail wurde probiert und dann verabschiedeten sich die beiden Paare. „Grüßt Deutschland, wenn ihr dort seid und alle unsere Freunde!"

25. Juni

In der Nacht regnete es. Grund genug, länger liegen zu bleiben. Für die Morgentoilette und zum Kaffeetrinken lassen sich die beiden viel Zeit. „Sag mal", spricht Gudrun, „hast du wieder Schmerzen im Rücken? Du läufst so gebückt!" „Naja", meint Rainer, „ich merke das schon seit einigen Tagen. Aber ich dachte, es wird schon wieder werden." „Wir gehen heute noch zur Physiotherapeutin – so geht das nicht weiter" sagt Gudrun sehr bestimmt. „Sobald es aufhört zu regnen, gehen wir los!" Dort angekommen tragen sie ihr Anliegen vor. Rainer kann gleich den nächsten Tag Vormittag wiederkommen. Am Nachmittag arbeitet Rainer an den Geschenken für ein Kinderheim. Gudrun bäckt wieder einen Kuchen. Dazu hat sie sich eine CD von Johann Strauß aufgelegt. So geht die Arbeit bedeutend besser von der Hand. Rainer unterbricht trotz Rückenschmerzen für ein paar Minuten seine Arbeit, nimmt seine Gundel in die Arme und tanzt mit ihr einen flotten Walzer. „Hör auf, hör auf" sagt sie, „Ich bekomme ja keine Luft mehr." Aber als der nächste Straußwalzer erklingt, sind die beiden abermals nicht zu halten und tanzen weiter. . In der Zwischenzeit ist der Teig gegangen und Gundel belegt ihren Kuchen. Morgen kommt wieder Besuch, und da will sie sich doch nicht blamieren.

26. Juni

Rainer geht zur Physiotherapie. Er ist pünktlich dort. Was man hier mit ihm macht, hätte er sich nie träumen lassen. Zwei Stunden dauert die Behandlung – Wärmebett – Massage - Ultraschall – Gymnastik. „O weh", denkt Rainer, „ob das bezahlbar ist?" Aber es ist bezahlbar. Die 2 Stunden Behandlung kosten 700,- Baht, das sind je nach Umtauschkurs 14 bis 18.00 Euro. Er lässt sich gleich einen neuen Termin geben, und er wird mit den Behandlungen erst aufhören, wenn die Schmerzen verflogen sind.

Nach der Mittagsruhe gehen sie am Aussichtspunkt Hin Lek Fai spazieren und genießen den Blick über Hua Hin. Sie atmen tief durch, verweilen einen Augenblick und genießen den wunderbaren Blick über Hua Hin.

Danach gehen in die nahegelegene Gaststätte einen Kaffee trinken. Gegen 5 bestellen sie ihr Taxi und fahren zurück in ihre Wohnung. Zu Abend essen die beiden nicht viel. Der eingefrorene Gemüseeintopf reicht aus.

27. Juni

Rainer möchte heute gern einmal zum Bahnhof. Der Bahnhof gehört zu den interessantesten Sehenswürdigkeiten von Hua Hin. Schon mehrmals war er mit seiner Gundel dort, aber heute möchte er gern ein paar Aufnahmen machen. Mit dem Stadtbus fahren sie in die Stadt und laufen nur wenige Schritte bis sie dort sind. Am Bahnhof ist sehr viel Betrieb. Der Zug müsste eigentlich schon durch sein, aber Unpünktlichkeiten sind an der „Tagesordnung". Die Reisenden warten geduldig bis der Zug einfährt. Und dann kommt er endlich. Frauen laufen am Bahnsteig entlang und bieten den im Zug befindlichen Personen warme Suppe und Getränke an.

Die Außenanlagen sind sehr schön gestaltet und werden ständig gepflegt. Umso verwunderlicher ist es, dass Thais mit ihrer Umgebung vielfach sehr sorglos umgehen. So findet man überall Ecken, die keinesfalls zum Bleiben einladen:

Es ist einfach schade. Thailand ist so ein schönes Land!

28. Juni

Um 8 stehen die beiden wieder auf. Aber das Kaffeekochen ist heute ein Problem. Der Strom ist weg! Was machen? „Haha", sagt Rainer, „wir haben doch vor einiger Zeit extra für solche Fälle einen kleinen Gaskocher gekauft!" Schnell ist er hervorgeholt, die Gasflasche eingelegt und schon kann es losgehen. Das Kaffeetrinken ist gerettet. Erst gegen 10 kommt der Strom wieder. Fehlt etwas, bekommt man erst einmal mit, wie sehr wir den Strom brauchen. So komisch es klingt: Ist der Strom weg, gibt es auch kein Wasser, denn eine Pumpe muss das Wasser in einen Behälter befördern.

„Du", sagt Gundel, „eigentlich könnten wir heute einmal zu „Thai Thai" fahren. „Dort gibt es eine große Auswahl an Stoffen! Und unsere Sitzkissen müssen unbedingt neu bezogen werden!"

Nach der Mittagsruhe steigen die beiden in den Bus, der sie direkt vor die Tür fährt. Im Geschäft bekommen sie mehrere Kataloge zum Auswählen der Stoffe. Bei diesem Angebot fällt es schwer, das Richtige zu finden. Endlich haben sie gefunden, was ihren Vorstellungen entspricht. In einer Woche sollen sie wieder kommen, dann sind die Bezüge fertig.

29. Juni

Rainer muss am Vormittag wieder zur Physiotherapie. „Toll", meint Gudrun, „dann fahr ich inzwischen ins Kaufhaus bummeln!". Rainers Rückenbeschwerden haben sich schon wesentlich gebessert. Er ist auch glücklich darüber. Glücklich kommt auch Gundel zurück. Allerdings erst zwei Stunden nach Rainer. „Stell Dir vor", sagt sie, „Im Kaufhaus habe ich Friedel getroffen. Auch sie machte einen Bummel durch die Kleiderabteilungen. Zu zweit hat es dann noch mehr Spaß gemacht und wir konnten uns gegenseitig beraten. Schau Dir das an! Dieses schöne Kleid habe ich gekauft für festliche Gelegenheiten." Rainer guckt etwas skeptisch, freut sich dann aber doch und überlegt schon, wann wohl die nächste Gelegenheit sein könnte. Liebevoll sieht er seine Gundel an. Für ihn ist sie doch die Schönste unter allen Frauen.

30.Juni – Sonntag

Es regnet wieder. Also nehmen sie sich heute nicht allzu viel vor. Nach dem Lesen der aktuellen Berichte aus aller Welt, gibt es genügend Gesprächsstoff für die beiden. Sie können sich immer wieder aufregen, dass die Menschheit einfach nicht schlau wird. Dort kriegerische Auseinandersetzungen – da Korruption, wieder woanders Not und Elend. Aber

Elend sehen die beiden auch hier in Thailand immer wieder.

Hier schlafen Menschen auf der Straße:

Dort sind es Behelfsunterkünfte:

Und immer wieder sieht man Menschen, die die Abfallkübel durchsuchen und ihren "Reichtum" dann mühsam abtransportieren.

Gerne helfen die beiden, aber das Wenige ist eben zu wenig.

Es nützt nichts, wenn man sich über manche Eigenarten der Thais aufregt. Es ist ihr Land. Europäische Maßstäbe kann und darf man da nicht anlegen. Rainer und Gunter kommen gut mit den Thais hin, sie feiern mit ihnen (Thais feiern furchtbar gern und ausgiebig) und sie begegnen ihnen auf gleicher Ebene. Thais nehmen nicht für jede Gefälligkeit Geld, sie tun es, weil es für sie das Selbstverständlichste ist, anderen Menschen zu helfen. Für Gudrun und Rainer ist aber immer wieder das Schönste, wenn ihnen die Thais entgegenlächeln und sichtbar machen:

Hier ist das Land des Lächelns.

Zeitfracht Medien GmbH
Ferdinand-Jühlke-Straße 7
99095 Erfurt, Deutschland
produktsicherheit@kolibri360.de